KB139981

복·합·상·징·시·집

빈집

(河東) 정하나 著

 한국학술정보

빈집

내일을 위한 파노라마의 계절

첫 시집 「안개의 해부도」를 출간에 교부하고 2021년 3월 2일 한국에 도착했다.

코로나 격리의 14일은 시가 있는 풍경이었다. 시가 있어 버텨낼 수 있은 게 참으로 다행스러웠다. 새로운 삶의 공간에서 새로운 시들을 쓰노라니 어느덧 2년이란 시간도 흘러 138수의 시를 모아 두 번째 시집을 묶게 되었다.

2022년 5월부터 잠깐 멈췄던 "뿌리 찾기"도 본격적으로 다시 시작하면서 내 삶에 포기할 수 없었던 외딴길을 내처 걸어 왔다.

"하늘의 별따기", "바다에서 바늘 찾기"란 말들이 실감나는 현실이었다.

어렵게 찾아 갔던 고독의 나날들을 아픔으로 쏟아 부으며 피눈물 찍어 써낸 글들이 시 속에 고스란히 남아 있다.

포기하지 않는 것이 성공의 비결 아닐까? 물론 나한테 성공이란 단어가 적절하지는 않겠지만 그래도 끈질긴 개성 때문에 여기까지 어렵사리 찾아오지 않았나 하는 생각으로 감개무량할 때도 있어 스스로를 대견스레 지켜본다.

시인의 길은 외롭고 쓸쓸할 법도 하다. 나만의 이 밤을 고심해야 하고 돈도 안 되는 대가를 치러야 한다. 그 누가 알아주는 이도 없이 말이다.

돌이켜 보니 해놓은 일은 없고 삶이 허망하기 짝이 없다. 그나마 내가 좋아하는 일을 할 수 있었다는 게 불행 중 다행이라 생각하니 위안은 될지 모르겠고, 시로써 빈 공간 채우며 과거와 현재, 그리고 미래를 이어 가고 싶은 게 소망이었던 것 같다.

코로나로 몸부림치는 세상에 살아남는 것만이 승리자이다. 스스로를 살려내야 한다. 생명은 아름다운 것.

그러고 보니 선생님과 동호인들 생각에도 가슴이 뭉클해난다.

스승님이신 김현순 시인님의 노고에 존경과 감사의 인사를 올린다.

복합상징시라는 새로운 詩領域을 창립해내신 선생님, 아직도 외딴길 뚜벅뚜벅 걸어가고 계시는 모습을 보노라니 가슴이 짜릿해난다. 신시혁명에 대한 열망과 부지런한 탐구정신은 이 세상 문학도들에게 감동 그 자체라고 생각한다. 시문학사에 초석으로 길이 남을 분이라고 긍정해드리고 싶다.

그리고 얼마 전, 종친이신 정인갑 교수님(중국적 북경대학 중문계를 졸업하고 퇴직 후 한국에 와서 책을 쓰면서 노후를 보낸다)을 만났다. 우리말로 된 시를 어떻게 쓰면 더 좋을지 하는 조언도 경청했다.

시에 대한 고민, 이미 써 놓은 시들을 검토하고 삶을 점검하는 차원에서 두 번째 시집 출판을 작심하였다.

이 시집에 대한 더 많은 구독과 기탄없는 조언의 말씀들이 세 번째 시집을 써내는 데 힘 실어줄 것이라 기대하면서 복합상징시 동호인들과 더불어 아름다운 복합상징시를 이 세상 예술의 전당에 화려하게 선보일 것을 약속드린다.

모든 고마운 분들의 하루하루가 행복으로 넘쳐나기를 손모아 기도드린다.

ㅡ지은이 정하나

癸卯年 이른 봄 둔덕에서

6

차례

제2부 판도라

제3부 엇박자

11

제1부

구명탄

기다림

산실(産室) 문 앞에서 바장이는
발자국 소리
초조함 다독여주고
뜬눈으로 밤새운 시간의 흐름엔
핏발 선 새벽의 고요
잔디 푸른 언덕에 토막 난 기억
주어 담는다
공원 벤치 위에 모록이 쌓이는 햇살
낙엽으로 불타오르고
한잎 두잎 젊음의 순간들이
나부끼는 그림자의 갈피마다에
이슬의 투명함으로
놀빛 물들여간다

명당

돌대문 지켜선 생명수
청산 안고 하늘 오르네

고기 낚는 바다의 타령 한마당
겨울 도목나무에
불 지펴 놓고

유언의 산발마다 추억 갈아
웃음 새겨 넣으면

태조의 피와 땀 우주에 슴배어
육십 리 평강벌

천만년 역사가 우듬지에
사랑
걸어놓는다

소떼가 돈떼 된다는 상식쯤은
영(嶺) 넘는 바람이
기슭에 꽃씨로 싹틔워준다

여행

국경선 모래톱에
동년의 목소리 별빛으로 흐르고
도목나무 불 지펴 기억 굽던
그제날 밤 노래

구름에 실려
바람이 영(嶺)을 넘는다

고개 내미는 추억의 향기
산기슭에 흘러내리고
풀 뜯는 소떼들
선경대의 낙타봉…

원시림에 흘러드는 햇볕의 속삭임
폭포소리 들리는 숲 지나
미로의 끝은 어디

또 다른 삶이
산발 타고 들을 덮는다

또 다른 좌표

동년의 꿈밭에
사금파리 별 되어 반짝거리고
헐벗은 가지마다 성에꽃 필 때에
갈매기 울음소리 비릿한
바다는 어디
진주 품은 가리비 노래가
파도의 부름으로 숲을 재운다
산발 타고 깃 펴는
민들레 홀씨
기다림의 갈피마다 이슬 수놓아
새벽 부를 때
고요 딛고 우주 보듬는
지구의 여행
북극의 오로라가 치마 펼쳐
날개 닦는다

번데기

기억의 모퉁이에
우등불 남기고 간 재래시장
퇴행성 관절염
도시락에 넣어두고 있다

마디 꺾는 추억으로
골목길 유혹이
동년의 하늘에 눈꽃 날린다

밀가루 부추전
뚜껑 바뀌던 스토리
빛바랜 가난이 시간의 치마폭에
나래 접을 때

계란말이 나사 풀린 속성으로
부끄러움 감싸 쥐고 달리던
그때 그 순간이

오광목 이불안 등허리에
싹 트는 빵들의 착각으로
공간의 시렁에 메모 스크랩해간다

갤러리에서

찻잔의 향기가 오월을
달빛에 그네 태운다
그 옛날 들소 등에 실려
영(嶺) 넘어왔다는
다육의 꿈마저
호랑이 뒷집 지고, 놋다리 건너는
초하루 그믐날 이야기로
도자기에 뿌리 내린다

꽃병의 깨달음은
호랑나비 나래짓 눈팅 하지만
산발 타고 뻗어가는
산사의 종소리…
메아리 주봉 바라보며
안개의 주름 거머쥐고 있다

잣고개 카페에서

바람 멈춰선 언덕에
기왓장 내려놓는 옥상의 머뭇거림
경직된 기다림에
그리움 몇 줄 떨며 적는다

회고록 풀어 헤친 보자기에서
도덕경 찾아 읽는 다람쥐의 꼬리질

소나무 한 맺힌 방울마다
진액의 역사가
비운(悲運)의 향연에
침엽, 꽂아둘 일이다

밥 짓는 연기
산발 따라 기어오르면
레이자빛 골짜기에 우등불도
귀거래사…
지펴 올릴 수 있을 것이다

메주 쓰는 날

가마에 보름달이 넘친다
잔소리가 거품 되어 주걱 잡는다
대들보가 받쳐 든 희망이
수줍음 꿰어 진주 묻어두는 일임을
사명은 촉감으로 짐작했을 것이다

희망의 터실 손이 끈 잘라내는
노심(勞心)이라는 섭리가
소금 밴 장독의 배꼽에서
곰삭아 내린 음색으로
인내의 서장(序場) 매달아둔다

두돌맞이

하트에 웃음 찍어
하루를 선물할 수 있다면
촛불 그림자 재롱부리는 천진함도
응원의 즐거움에
입 맞출 수 있으리

세상사 엿듣는 재미가
문각 떠올리는 너그러움으로
꽃관 떠인 봄날을
아카시아 앞섶에 수놓을 수 있으리

향기로 닦아가는 여린 눈에
꽃길 밟고 가는 아기씨 작은 두발
화사함에 머물러 있다

원룸에서

코고는 소리
벽 타고 올라간 지붕 위에
파문의 기둥 흔든다

별 따는 소리가
주인 앞서 문고리 당기는 택배함에
희망 나르며

포장 찢는 넋두리로
이불속에 잠들어있다
조름 끄는 라면향…

성냥갑 비집고 나간 현관이
땀 배인 일상으로
우편함 더듬고 있다

스포츠타운에서

젊음의 율동
물결치는 혈관 따라
잔디 푸른
오아시스향기 뿜는다

그물틈새 실북 나르는
꿈들이
하늘 걷잡은 잠수함에
장수별 따서 실을 때

보리수 그늘 아래
석가모니 공든 탑

애달팠던 시간들을
개살구 입가에 깨문다

무궁화열차

향간의 저녁해 고개 숙인 골마다
꿈 파고드는 이른 봄 개나리
동동주추억 빚어내어
진달래 할매 마음 간질여주네

겨울 이겨낸 만물상 아빠
추위 견뎌 왔노라
선보이는 대나무 여인숙에서
영동의 과일향기 국악 속에 빠져 들었네

열심히 살다가 명당 찾은
옥천고개 주인들
어둠 깃든 하늘에 시름 날리어보네

바람 잡은 대전역 환승의 여유
신탄진 다올독서향…

부강역 연꽃잎에 저녁 싸서 삼긴 채
뿌리 공원에 묶어놓고
가로등 따먹는 서울에서 밤을 즐기네

도시철도

봄을 떠인 벗꽃, 겨울 견뎌 냈노라
조바심 날리며 종착역 찾는다

신념 쌓아올린 라면 틈새에서
남기지 말아야 했던 미련들이
바닥에 드러눕는다

한 글자 사이가 세상 뒤 바뀌는 운명,
목줄 걸고 궤도 따라 일상만 되풀이한다

놓쳐도 돌이킬 수 있는 핸드폰 유희
방심으로 한발 늦은 급행열차에 주먹 날리어본다

구멍탄

행복이 새어나간 그릇 차려놓고
못 다 이룬 꿈 무덤에 잠든 채...

외면당한 빈구석
돋보기 발돋움으로 되찾아보는 후회
참빗으로
하얀 물결 다독여준다

허무 심은 밭이랑에
뿌리 깊은 고질병
싹튼 비애 뽑아내는 목젖 간질여준다

겨울은 무정타
바람아 탓 하지마라
어깨에 별 두르고 달려가던 달이

자유의 깃발 날리는
새벽하늘에서, 이슬 받아 거울 닦는다

문장대에 올라

코다리에 자부 풀어놓고
메밀꽃 눈 부비며 태실 둘러보네

산밖에 산이 있더냐
상상산성 담당 위에 둥근달 잔 기울여
성산별곡 옛 터전에서
느티나무 강물에 뿌리 다듬어가네

돌고 도는 운세풀이로구나
봉(峰)마다 허점 달래는 하루살이
귀전에 천둥치는 오열,
한낮 낮춘 자세가
지친 오두막에 그림자 던지네

시 한 수에 한숨 돌려
법주사에 낯선 밤이 머무르다 가네

속리산에서

찔레꽃 웃음 지친 기슭에
도토리 묵밥 운명 달래네

대나무 향기 바닥 쓸어
담은 계단 짚고 일어서고
디딤돌, 등심으로 주봉 받쳐 올렸네

여울목에 속삭이는
계곡의 방울소리…

굽어가는 삶속에도
바다의 큰 뜻 숨어 있다고
빚은 구멍 찾아 몸 감추어버리네

잎 펼친 하늘아래
살 섞은 인연…
바위와 나무의 행운이
난세의 만장일치 휘둘러, 한세상 놀래워주네

강원도 아리랑

담소하는 터널…
소망 감아쥔 김장철 부름으로
전원주택 달래어가네

설악산 범바위 꼬리 틀어잡고서
부끄러움 찾아 기어가는
한세상 그림자

파도에 출렁이는 원혼마다
소양강 다듬이가락으로
나들목 나이테 그려간다네

대포항 숫총각 수석경매가
박달재영 걸어 넘길 때
요소수 이빨 뽑는 거칠은 숨결

바람 나부끼는 그 언덕에는
태백산맥 눈꿉 찍는 기다림도
열두나 고개, 또 한 개
숙명처럼 넘어서고 있네

샛강다리에서

눈꼽 찍던 베쌈 할매
떨리는 손끝에
새벽이슬, 돋보기 더듬어가고
산사의 목탁소리
교회당 십자기에 걸리어 있다

노들강변 옛 노래
백세시대(百歲時代)에 턱 걸고

갈비 부러진 들고양이
노숙(露宿) 앓는 신음소리로
화살 꺾인 기싸움에 귀 기울여간다

하늘로 땅속으로
환승역 뽑아드는 카드
팽창하는 고민이
드라마에 인기 모은다

눈물 드리운 눈발마다
매달린 시름, 오징어게임…

연리지나무

산마루 짚고선 동녘해
보리밭 물들이네

그리움 잎 펼쳐
허무 메워가는 공간에서
감개와 미소로 스쳐버린 비행선에
이슬의 시발점 매달아두네

아쉬움
매듭 푼 명상
금싸래기 밟고 나설 때

오동나무 쉼터에서
꿈 차고 서행하는 종이배
입술선 멍드는 별바다로
출항의 고동 흐느껴주네

코스모스 웃음 떠인
맑은 하늘 비단길
장밋빛 향기 베고 누웠네

청계천 눈물

부풀었던 화산재의 메아리
귀뿌리 당겨…
징검다리 밟고 나섰을 것이다
면사포 감싼 시공터널도
뚫고 나갔을 것이다

썩은 밧줄 잡았던
운명이 하나 둘, 구름에 사라지며
내던진 의문표에
신사의 머리 기대고 있다

달빛에 더듬어낸 선택의 번갯불
무릎 올린 바다의 넋에
성냥개비 한 오리 그어댄다

불탄 거리마다 못 박힌 감탄표
일요일에 휴무 돌려 한숨 내쉰다

나뭇잎 흩날리는 허공이
그날의 금빛 순간 연소해간다

햇반찬

눈높이 재어가는
장바구니에
게걸음치는 대파의 매운 시간
정성으로 다듬어 놓은
달래뿌리가 시골향기 떠이고
수라상 떠올린다

목소리 갈아 빚은 맛갈색
세련된 품위로 빛 뿌리는 공간이다

구수한 동네인품도 또 다른
서울의 풍경…
그릇마다 깔아주는 눈초리가
향기 찾아 기웃거린다

세상 울려주는 방울새 휘파람소리
포장 끈에 매달려있다

또 한 옷고름

탯줄 감은 초심
달빛 되어 흐른다
소망의 핏줄기에 낙인찍으며
뿌리의 원혼…

청산의 초행길에
등 떠밀어주네

아리랑고개는
고향생각에 붓날리던
청풍의 옷자락인가
대나무에 걸어둔 용사의 선언

목멘 소나무 사연으로
송진향 꽃피워 주네

이슬 젖은 깃 자락마다
단정학 눈동자
번지 없는 이별 여미어가네

눈꽃

만남은 파도에 붓 찍어
바다의 눈물
얼음 위에 그려놓는다

지루함에 뿌리 내린 꿈
봄 꺼내 흔들 때
물소리 입 모아 벗 부르는 동심

영하의 우주 깨뜨리는
젊음의 심장으로
눈덩이 굴려
하얀 세상 빙탑에 쌓아둔다

버드나무 꺾어 쥔 아쉬움
가는 길, 들녘 길에
등불로 새겨 넣으랴

계절의 약속
꼽아보는 진정으로
한세상 빛으로 머물다 가리니…

욕망의 쪽배

웃음 거둔 하늘이 사랑
더듬어간다

밤의 귓가에 꿈이
속살거린다

깨어나면 베갯머리에
흠뻑 젖는
모대김

두려움과 부끄러움이 싫어져
한낮이 아지랑이로
얼굴 가리면

부대낌의 꽃잎에 이슬 떨구며
애절함이
에덴동산 기슭을
거닐어본다

보름달

백발 할머니 은하수에 머리채 감고
거울 찾아 걸어 가네
마주치는 웃음, 별빛의 속삭임…
그리움의 자락들이
밤하늘에 꽃향기 뿌려가고
유감의 비녀 뽑아
산발마다 역사 한줄 메모해 간다
은띠 날리는 우주의 주름에
용의 기침소리 이슬로 내려앉고
바람 세찬 호랑이 기세
밀림을 달리네
소떼 흐르는 언덕 넘어
면양 가슴 보듬어주고
그늘 밑에 꼬리 젓는 강아지
시름겨운 이야기가
쥐꼬리에 시간으로 묻어 있다
원숭이 넝쿨 잡고
산열매 따면
봉황새 깃 펼친 아침 언덕에
포도주 한잔으로
세월과 취하여 잠들고 말리

영하의 비등점

문 열고 귀 감싸주는 첫 발행 버스
새벽 걷어안고 하루를 연다
젊음의 라켓 하늘 찌르며
선 밟고 궤도 따라 줄달음친다

그물 한 장 사이 두고 가슴 부비는
심장들의 열망
백양나무 옷 벗어, 젖은 잔등
김 뿜어 올린다

올빼미 어둠 밝히는 바람결에
날개 접은 새들의 노랫소리도
나무초리 흔들어주고
발밑에 굴러다니는 우주의 두 바퀴가
산맥 휩쓸며
봉이마다 채색기발 꽂아놓는다

머리에 금관 눌러쓰고
꽁꽁 언 손등 가려움 갈아
콧물 발린 빨간 볼

아침의 인사가 좋은 데이 흔들며
두 눈에 테니스 한 자락
보석향으로 빛내어준다

지하철 입구에서
－위안부 동상 앞에 멈춰 서서

발목 잡힌 이유
초침 끌어
오늘을 기다려본다

스칠 수 없는 까닭이
위로의 뜻 담아 수건 받쳐 든다

우수에 절인 원혼,
가시 돋친 어둠은
얼룩진 역사를 지우고

밀려가는 사색은
파도의 자락 잡고
갈매기 울음 찢어 삼킨다

침묵
기다림
다시 침묵
… … …

비어있는 자리엔
구원의 메아리

망치 든 하늘에서
은빛의 번뜩거림을 본다

스모그

불청객이 배긴 돌 빼는
시빗거리가, 핏대 세운 총소리로
핸드폰을 조준하였다

마른 나무숲에서
범의 콧수염 건드리는 식
이라고 해도 좋을

빨간 신호등이
맹인의 말초신경 간질인다

댕강거리는 삽질소리에
옮겨지는 수림의 가쁜 목소리

지구의 숨통 졸라매고 있다

봄이 오는 소리

진달래 가락 튕기고
말리꽃향기 다가선다

뚜껑 닫긴 도시에서
입 다문 가게들이 하나 둘씩
머리 쳐드는 이유가
제주산 생고기 느끼한 절임으로
커피향 프림 되어
녹아내리고

얼른거리는 갈치의 반가운 눈길이
저울판에 드러누워
바다의 시를 읊조린다

그때 고압 가마가 서서히
역을 떠나며
춘삼월 입맛 싣고
장거리를 빠져 나간다

싱싱한 계절 내음이
귀갓길에 움켜져 있다

용이 머리 드는 날

잠자던 숨결이 깨어나
향기 꺾어 손에 들고 다가와
전설의 가슴에서 이슬 한 알 뽑아든다
싹트는 씨앗의 꼬불딱임이
무너지는 산사태를 멈춰세웠다
무지개의 존재, 그것은
비 내린 뒤의 아름다운 거짓말임을
생각 흔들어주는 바람은 안다
에메랄드 하늘이 내려앉은
호숫가에
텐트 치고 연애하는 연인들
살 섞는 괴성이
영 넘어 우주로 줄달음 칠 때
입 닦고 나앉은 아침식탁처럼
메모리 용량의 적신호는
노을 훔친 화장 뜯어고치고 있다

빗소리

뙤창문 열어
새벽알람
하늘에 손 내민다

귀 익은 염불소리
바람의 위안으로 바닥을 노크하고
고장 난 벽시계
마디마디 풀린 나사못...

시린 손발 위에
도시의 수풀이,
숨바꼭질하는 수치들로
돌담 쌓는다

강 건너 고개 넘어
그리움 흐르는 구름의 그림자

초원 찾아 떠나는
바이올린의 흐느낌 소리가
시간의 치맛자락 적시어 준다

자아격리

고독이 쪼각하늘 찾는 아침
갈망은 외로이 골목길 달려간다

황홀함이 눈 감은 욕망
갈매기 울부짖는 부둣가에
파도를 잠재운다

용의 발톱 부여잡은 라틴어들이
커피 향에 염불 새겨 넣을 때

밤바람 별빛 잡은 방안에서
추억은 긴장 풀어
모닥불 지펴 올린다

잔에 채운 장밋빛 자모들이
사막의 오아시스 찾아 떠날 때
뜻밖에 들려오는 까치의 울음소리…

자유의 촛불 추켜든
수련된 도시의 이미지로
엽서에 또 하루의 체온 체크해둔다

그믐날

기다림과 그리움
만남의 문턱에 인사 붙인 주련
꼭꼭 감싼 물만두에
단즙 튕기는 행운이, 제야의 밥상 위에
길상을 꽃 피운다

나눔의 복주머니
메시지로 전달되는 위안…

쏟아 붓는 여유에 코미디가
절정 끌어오를 때
폭죽소리 들볶는 밤하늘에
평안의 불꽃이
어둠에 바닥재 깔아드린다

3월의 여운

바다를 흠뻑 적셔
자유의 향기 깃발 날리고
하늘 부푼 보리빵
삶을 파고 들어라

변해 가는 기후
소녀의 시름 불러들이면
절기 당기는 소식에
입가에 미소 흘러 내린다

지심에서
내뿜는 우윳빛 온열
자락 펼쳐 덮어주는 우주

땀구멍 비집는 조개의 초연함이
사랑의 여신으로 부활될 때에
대지는 노을빛 손길
포근히 보듬어 주리라

숙명의 사이표

방안의 미련 지붕 위에 얹어놓고
돌아누운 계절 따라
또 다른 삶 찾아 길 떠나는 꿀벌의 여행
구멍 뚫린 미궁으로
기약 없는 시간 흘리며
작은 공간에 자유를 꽂아둔다

진달래 사랑도
보석으로 뿌려진 앞바다
섬들의 거리 두기…
금강산 단발령이 명경대를 마주 보며
지나간 세월 섬 세어본다

비로봉 아침햇살 가슴 녹일 때
청초한 봄의 기지개 켜는 소리
무지개에 악보 적는다

제2부

_____

판도라

부모라는 이유·1

해일의 숲에
유혹이 옷섶 헹굴 때
인내의 억울함 귀뿌리 스치고
뒤따르던 시간의 유언
태산 안고
침묵을 질주한다
먼 훗날
너무나도 앞서 갔던 안목이
깜짝 놀랜 수수께끼로
깃 펴는 날
볼 붉은 아침의 갈피마다에
이슬이 별처럼
눈물 아롱지며
그림자로 속살거릴 것이다

부모라는 이유·2

눈물이 똘랑 웃음 굽던 사랑에
가난 움켜쥔 주먹 누룽지
바가지 엎어놓고 장구 치던 손가락이
어둠을 찬장 위에 올려 놓는다

발가락 사이로 빠져나간 그리움이
기다림의 늪에 아픔 잠재워두고
파도 거세찬 섬바위…
부서지는 메아리가 고독 부시어
안개 지펴 올린다

어디로 가는 것인가, 녹아내리는
이름의 대가는…

"엄마"라고 부르는 외침 소리에
허겁의 빛 모아 반짝이면서
바람 찾는 홀씨는 개똥벌레가 되었다

유월의 애수

첫사랑 떠나보낸 가장 자리에
잠들었던 추억 띄워 보내네
양귀비 부챗살 문 애절함에
단비 기다리는 아쉬움…

발목 잡힌 줄당콩 숨 가쁜 메아리가
장독대 메시지 숙성시켜 가는데
매실 우려 갈앉힌 그리움마다
자두빛 애교, 문발에 앙금으로 달아두네

깻잎에는 안성맞춤
뽕나무 타령 머리 삭히고
접시꽃 그림자 던져주는 두렁길이
번지 없는 기억 속에 하얀 자취 감추네

목련꽃 언제 피었더냐
황새의 외나무다리가 향기의 그림자에
솟대 되어 하늘 받치고 서있네

그곳에는

구절초 여름 튕기는 음향
바람에 노 저어 간다는,
신선이 매 발톱 뽑아 간다는 계곡...

등살 긁는 당귀꽃 둘러멘 지렁이
땅심 잡는 하얀 냄새
자엽초 짙은 꽃길 따라
맨발 볶아가는 취나물 정취

맛 좋아라 새 울음 하늘 두드리는...
음달은 복이요
양지 바른 자락에 조롱박 껴안은
개구리 합창단
가재 등에 붕어 업혀 화로장 즐기노니...

참숯불에 그은 정
달빛도 구수 하더라

단지 속에

빛은 숲을 뚫고…
팔다리 걷어 올리는 낮과 밤이
소방차 입구마다애
아파트 일상 단속해간다

놀이터
뒤짐 지고 선 은행나무
번호판 잘 못 눌린 벨소리가
셔틀버스 급정거에 안내문 베껴낸다

인성 풀린 영상통화
e편한 세상, 안녕하세요?

들어가십시다,
엘리베이터 앞치마에 턱 받쳐 올린다

동네 한 바퀴

깨죽 그릇에
고랫재 차고 넘친다
박대고기 입맛 살리는 밥상 위에
참죽나무 살찐 역사 받쳐 올린다
하늘에다 베틀 놓고
모시찌개 돌려가는 혓바닥
산봉선 산봉에 무게중심 내려놓고
나비햇살 펼치어 든다
풍요로운 땅 밟은 장인의 싱싱함
장부책에
무인가게 착한 먹거리
발 시린 소홀함 말아 아욱국 마인다
단팥빵 따스함…
맛 나는 즐거움으로
밥 한 끼 사 드리는 고마운 일상에서
평화 지켜가는 맛 고수
고비사막 회생의 길에
소고삐 넘기어 받는다

노을카페 전망대에 올라

흘러가는 한강수
신세타령 한 곡조 적셔내고
남산타워 밤하늘에 금열쇠 잘랑인다
쪼그렸던 심사…
달빛에 초콜릿 녹여낼 때
효사정 불태움으로 노들섬 달구었다가
동작대교에 활주로 당겨
길게 소리 뽑는다
파도 타고 민은 고가다리…
지하철 순환은 반칙 멈춘 걸음인가
북한산 옮겨가듯이
벅찬 숨 가쁨, 도시의 명맥 이어가며
올림픽 횃불 반추해간다
깃 내린 강가에 기원의 메시지
펼쳐가는 저녁마루가
수풀 찾아 불꽃 튕기듯
용산하늘, 먼 길… 떠나며 미소 짓는다

처서

잎새 사이로
먹잇감 줄 세워놓고
숲풀 따라 찾아드는 찬 기운에
머리 숙인 눈길들

명물 지고 내려오는 계곡의 부름으로
오곡백과 무르익힌다

황홀함이 가지 뻗힌 날실들
바람결에 흩날릴 때
개까치 어깨 누르는 메아리는
산중턱 허탈에
허울 벗겨 걸어두고

피 한 방울…
바다에 떨어지는 역상으로
노을 삼킨 연못가에
연등불 돋아난다

길 밝힌 옛터에
선인들 모여드는 소리…

팔공산 서당마을

뻐꾹새 밤 외우고
한낮 받아 적는 백안(百安)뜰 안에
하늘 떠인 소나무
숲 우거진 비탈길 따라 묵향 흩날린다

갓바위 망울역사
강산 굽어보는 평온에 기다림 엮으며
거북등 따라 펼쳐진 마을

터널 뚫린 아리랑고개마다
제향 차려 봉향하는 대나무 숲
휴게소 폭풍노화...

하체근육 살리는 전원주택이
기틀 잡힌 터전에서
제자잠(弟子箴) 펼쳐
해와 달의 주소 주고 받는다

원혼

나뭇잎 깨물고
피눈물 찍어
동화의 세계 그려 넣으면
타버린 욕망은 영혼 찾아
대화의 강 건너가지만
무후의 이유, 의문표 걸린 집채 위에
밤 지새는 매미 되어 운다

배제의 탈~
실타래 잃은 소,
뿌리 잡고
정의(正義) 고집해가는 개성
숨결은 아직도 귓가에 스쳐 지난다

재가 깔린다

촉도난(蜀道難)에
바위벽 노을 적시고
간이역마다 혼백 춤추네
묘연 다루는 손끝에
봉황새 천둥 잡는 게임 꽃피어나고

계곡 바라보면 샘물이,
고개 굽어보면 바다가...
모기 눈동자에 억겁 광년 쪼개어 가네
개미의 짤록한 허리도
용광로 덥히는 불빛에 비끼어있네

대부의 초모자
고추밭 매운 맛
태초의 아픔이 해와 달 갉아먹는
미생물 흔적, 저울추에
비문 적어 망각 기념해두네

매듭 풀린 규명의 목소리
안식 찾는 초혼의 노래는
홀로이, 먼 별나라로 길 떠난다 하네

못난 새끼오리

밀리는 조급증은
갓길에 볼 얻어맞은 모욕으로
비바람에 우산
뒤집어쓴다고 해라

당혹감 쥐여 짜는
빗길에는 날개 잘린
절벽의 신음소리 질척거린다

깨우침은 눈물 떠난 둥지
하늘 바라는 서러움마다
비린내 풍기는 허기 달래어본다

설자리 찾아
외로움 논밭에 머문다는 것인가

예술의 전당에는
에베레스트에 얼어붙은
그림자뿐이다

무릉도원

초록 덮은 먼 산에
편백나무의 힐링
소슬바람은 낮잠 실어 나르네

잠든 그네터에 뻐꾹새 시샘
꽃잎 물들여가네

쉬었다 가는 여물목엔
노구의 초여름

소매 적신 산사에 머무르듯이
구름도 하늘 귀퉁이에
잠깐 꿈 펴들고 있네

사랑비

한지 만진다
방풍잎 낭만
둘레길 나눠 가는 냇가에
미련 내려 놓는다

운무 속에 잠든 둥지
울바자 기지개 켜는 꿈으로
바람 싣고 떠나려는가

바위틈에 속삭이는
그리움의 난바다
합수목에 머무른 파도의 태세로
구름에 화합하는 천둥…

번식하는 우주가
하나 된 천체 이루어 간다

맡겨보자
한참은 두발로 걸어서 가듯
올 때는 네발로 오고
갈 때는 세발로 가라

호랑이 신났다

거북선 앞세운
육조거리에서
훈민정음에 시를 입은 멜로디
세종대왕 손 끌어 여유를 즐긴다

북소리 전통에 채널 바꾸는 긴장이
사정전(思政殿) 일품 신하
추녀에 상투머리 얹는다

접 디딘 바닥재
근정전(勤政殿) 문턱 닳아
천자문(天字文) 지자고(地字庫)에
박하향기 피워 올리고
강녕전(康宁殿) 청심당(清心堂)…
도라지꽃 망울 차는 소리로 영글어있다

천하장군 맞아들이는 영추문(迎秋门)에
내조 어린 빛, 보감주나무 우거진
안국역(安国驿)에서

창포 드린 자판기
광화문 열어 북안길 밟아 나선다

힌남노 태풍

역대 급 풍랑
바람에 비를 몰아다가
물폭탄 내리 던진다

만조의 기세로
등 꺾인 대피의 경보
해일에 공포 끌어 올린다

집 삼키는 기승
하늘길 말아 가고
바닷길 삼켜 버린다

잃고 쓰러지는 거리에서
힘 키운 기류
선택의 여지가 특이의 진로 앞에
지혜로 상기되어있다

가을의 찬가

청춘을 끌어 담은
막발행 열차
회한은
고가다리 스쳐 지나고
미지 속에 낙엽 흩날리네

허무의 아침이슬
염록수…
땀방울 훔쳐내고
바지락 밟아 나선, 주름 굳힌 열정
볼 붉혀
단풍잎에 섬바위 얼싸 안네

연못가의 잔물결
원앙새 모습 되새겨
헐렁한 삶속에
뒤따르는 그림자로 행복하였네

상선약수(上善若水)
아쉬움은
둘레길에 걸터앉은 무지개의 고백

절경은 삼각대에
걸려 있노라
저녁노을 아름답다, 참으로
황홀하구나 하네

중앙탑을 돌면서

반도의 중심
딛고선 마가을 절경

절정 끌어 올리는
조정경기,
한마음으로 불상 그려왔던
시간들에
낫날 빌어 위로의 눈빛 보낸다

무량의 희열 싣고
다산물산 나름대로
교차로와 분계선 나들다가
목적지 바라보는 응원의 목소리에
다시
손잡이 바로 잡는다

갈대숲 현실은 둥지를 틀고
향기 짙은 저 바다에
손등 얹는다
물보다 **빠른** 혁신, 시대는 신기루에
미래를 펼치고

석공의 글발 녹슬기 전에
청풍하늘로 명월 닦아 걸고
고구려비에
인생회고록 떠올려본다

살다보면

한달음
달려왔던 막창길에
포기는 없었던 순간들

맨드라미 피 밟아 왔던
나만의 길,
이정표에 못 박아
인증서 발급해간다

군밤송이 천국 이룬 지리산에서
약초는 지천에서 줄기 찾아
나룻배
강 건넜다 하네

우슬초 밥상위에 꽃 피울 때
사랑한다는
그 한마디로 별빛 녹여내고
세월 낚던 강태공
배꼽에서 유쾌함 사로 잡혔다하네

구름과 탕수육, 그 만남으로
졸창나무 환상 살찌우던
도토리묵

위기에 노랫소리로
또 다른 살맛
찾아

물침대에 누웠다네

강산 그려보는 도고함이
오늘을 취하게 하네

치매

정열 씻겨 내린 언덕 위에
추억은 향기 꺾어 들고
안개 자욱한
기억
막대 더듬어 나선다

갱년기 아쉬움
한우 보자기 채워놓고
황혼 빛
움켜잡은 미련에
차표 한 장 구겨 넣는다

속 파고드는
군밤은 이야기
천하장사 즐거움 들어 올린다

뚝심 키워 냈노라
세월 달래는 뒷골목에서
바람은 후회로
호박머리 스쳐 지나고

후유증, 서글픔 감춘 채
추석 달빛 찾아 떠난다

한양도성(漢陽都城)

명절 분위기
갈앉힌
종로 3가 귀금속 거리
사주타로
창덕궁에 미련 남기고

한복은 전통춤 휘말아
나니주단 펼쳐든다

춤사위 흥 넘치던 진도 북놀이
보석공예 명인공방
거북이 손 이끌어 집 나선다

원앙새 잔물결
목운단 단정히 차려놓고
병아리 꽃나무
천사의 눈물 자아내면

신사나무 거니는 속새 풀숲에서
백송 사신
책자 벗기어낸다

맞춤형 액자

딱 좋은 시간이 시작
이라는
새벽닭의 조언
동녘 하늘에 꽃망울 터뜨린다
불타오르는 용의 기세로 앞장섰던
호랑이해는
봉황새 깃 펼쳐든
가을언덕에 도고히 서있다
연꽃잎 밟고선
비단신
부귀영화 어디메냐 목단꽃에 받들려
한여름 떠돌다가
목동의 피리소리 구름 몰아가는
알찬 들판 서행한다
순두부 틀 맞춘
갈대밭 순정
주문 받아 축복 선언하는
현실에, 나비 꿈 맡기어둔다

햇살의 만족도(滿足度)…
농가의 뜰 안에 차고 넘친다

사념(思念)

백합에 병들어 누운
그리움
촛불에 간장 달여 고독 인내한다면
안경너머 우주는
낭만의 에덴동산일 것이다
한없이 돌고 도는
천상에, 지친 쪼각달 이지러진다

폐지 나눠
가는 낮과 밤, 다락방 비둘기
몽중상심(梦中相쿵)은 사랑의 애절인가
빗나간 집착이
번지 잃은 주막에 취한 이야기
적시어내는구나

햇살은
창문 비집고 방안 채우는데
눈 못 뜬
새벽하늘만 먹먹함에 멍들어 가는데…

결국에는

찾아보고 뒤돌아 봐도
고이 잠든
호수위에 어미새 영혼
머리 풀어, 산발 헤치며 가오

종일토록 그려내도
아리랑고개 넘던 해님은
달 타령…
한숨은 오솔길로 접어 들었소

산전수전 다 겪어놓고
요렇게 조렇게 쌓아보아도
무정탑, 한숨만 꺼져 내리오

사랑의 콧노래 명당 찾아
갈 줄 알았는데
지옥 닮은 집구석이
행장의 안식 될 줄 정말 몰랐소

떠나간 아빠고래
넋 받아 안은 바다에서
담배 연기 피어 오르오
생각이 별 찾아 흐르오

역지사지(易地思之)

편한 출구 하나뿐
거침없이…
물처럼
빛처럼
화살처럼

하지만
누군가에게는
복(福) 밟는 금싸락으로
또 다른 누군가에게는
독(毒) 삼키는 마지막 순간일지도...

자기마당 유지하는
더불어 사는 세상 한복판에
용서로 성난 여론 잠재우며
방탄조끼 근육에 인지능력 키워준다

천기누설의 입단속
뒷받침의 터득 꼴에 잠든
경청으로
언어의 감각, 두 귀 꽁꽁 틀어막는다

화담(和談) 숲에서

숙명 다한
그 자리에
알찬 시간들, 아쉬움 털어버린다
케이블 흐름선에 호강 띄운 허탈에

젊음은 꿈 밟고
먼산 날아 넘는 노랫가락이던가

늦가을
장미 추억 되살려
국화꽃 정원마다 정으로 무더기…
무지개의 아름다움은 순간일 뿐이다

하나둘 영상포착에
숨겨진 이미지
어미새 이야기로 연리지나무
길들여간다

창공 휘어잡는 영생의 무상함,
예언하듯
소나무 그림자가
먼 하늘 푸른 계단 씻어 내린다

동치미

열심히
살아간다던 실언
광야를 에돌아
난감의 바늘구멍에 실 꽂아둔다

꼬여 맺던 하늘에
비가 내리고
사레 걸린 시선에 꼬리표 나부낀다

반납의 억울함
암자에 꿈 박아두고

풀 뽑는 치유의 나날들
화려한 공백에
바람의 아픔으로 낙인찍는 눈물이었다

깔끔한 선택지
쿨한 사색에 못 박아 널어 말린다

여정

동산에
햇살,
도시를 깨운다

설친
잠
구겨 메고
블랙박스, 시간 주어 담는다

직매하는 자전거
자연은 진 빠져 깃을 내리고

메아리
다잡은 가을빛
울음에 바람 싣고 다가선다

밤하늘도
조용히,
겨울 한 자락 열어두고 있다

판도라

달빛은
물 피해 가고
바람은
울음 그쳐 언덕에 잠든다

김빠진 부둣가
까치산 바라보인다
진동 앓던 뱃고동 설음

따오기 앞세운
악몽배터리,
벼랑 끝에 매달려있다

고층건물 에돌던
그림자
허리 굽힌 선율에 한 소절 낮춰
한강수 갈증 달래어본다

항아리 속 비상등…
출구의 지느러미가 나불거린다

가을의 애수

꿈 깨는
새벽
추억 밟아 꽃구름은
고향 찾아 떠나는 날개이던가
즐거움이
안개 말아 올리듯이

안타까움…
뒤 쫓는 마음의 거리에
뒤돌아보는 보자기
그 속에 뜻 모를 느낌이 있다

맛볼 수 없는 언덕의
황금의 빛살들, 옷자락 잡아당기는
아쉬움의 여로에
계절 익는 추억의 프러포즈가 있다

가을축제

물꼬
터친 흥분
물결에 띄워보는
앞 냇가 품바의 노랫소리,
추억의
막걸리 한 사발에 포장마차 휘청
어절씨구 반딧불도 밤 익혀 반짝거리네

별빛고운 언덕 위에
즐거움
삭혀내는 고을
옛 풍습은 벽화 속에 꿈틀 거리네

동화로
남겨 둔 세상
풍요로움이 날개 달려
달 따러 가네

금광호수에서

가을
내려앉은 고요
자락 적시는 봉이마다
뭇 새들 재잘거림 깔고 앉았네

재활 중심(重心) 둘레길
세월의 무게를 근 뜨고

저녁해
펼쳐든 무릉도원에
한 끼의 즐거움 맡겨버렸네

어둠속의 벤치
그리고 그림자

시인의 공간에서
물오리떼, 원앙 몰고 별을 쫓네

청와대 전망대에 올라보니

약속 옮겨간 공간에
호기심 끌어 모은
기다림
침묵 갈앉히고 있다

대변의 순간
정답은 별것 아니었구나
막 내린 시험대
하지만 그것은 아무나 하나

마이크 끈에 감기는
유감의 오로라

여랑 야랑 모여 앉은
꽃방석에
고민 등댄 소택지에서
냇물은 부끄러움 씻어 내린다

한들~ 바람에…
풍수는 수면상태로 들어가고
발길 잦은 가시밭길
열차의 발목 꼭 잡아 쥐고 있다

관악산(冠岳山)을 오르며

화염 밟고 가는 산행길
괴암준령은 피로 물들어 있고

모자봉 악수바위 …
이름 지은 어제와 오늘
연주대에 손 모아 기원하기를 얼마~

쉬어 가다가는
영영
굳어 버릴 것 같은 두 다리
공포는 옆길에
옹 하나
남기고 떠나간 열여암

뒤져가는 거리에
비운으로 여백 메운 공간
용기(容器) 하나 받쳐 든다

최초 도서관
사색 멈춘 물위에
아기 날개 떠는 이유

신림계곡 맑은 물에
새소리 실어 나른다

산사나무 해 뜨는 아침…

경주에서 빵을 먹으며

낭만 찾아 입소문
떠나간 신라의 달밤은
동궁의 옛모습
월지에 비껴둔다

첨성대에 붉은 달 솟아
개기월식 멋진 광경

핑크빛으로 물들인 천상에
천문대의 역사는
스마트폰에 감탄으로 가슴을 연다

무궁화꽃 피고 지는
불국사의 다보탑
조경예술 극치로 끌어 올린
통일의 한때

소중함은 능선 쌓아
잘못된 인식 바로잡기
절호는 기회
달은 차갑다

천왕성의 은폐가
해와 지구와 달의 한일자에
점을 이루며 멈춰서버린다

북한산(北漢山)을 오르며

바다에 뜻을 두고
하늘 바라는 넋
구름빵에 흰술 익혀
따스함 받쳐 올리네

호주산양 살찐 추억
약속 기다리는 우이동(牛耳洞)
만남은
물 되어 돌을 다스리고
즐거움 돌 되여 물에 길들어 가네

삼각산 가을
맥박 밟아
만경대로 향하고
개나리산장에 솔바람 잠들 때
우이구곡 옥경대
세속에 먼지 떨치며 들녘 지켜보네

붙임돌바위
고갯길에 소원 남기고 떠나는
적취병
목표 두고 휘청이는
산중턱에서
오봉산마루에 희망 던져주네

돌고 돌아오는 철새
백운대 높은 봉 휘휘 노저어가네

제3부

엇박자

꼬리에 꼬리를 물고
―이태원 참사자의 명복을 빌며

별자리
마당 찾아
떠났던 아기별
감곡꽃에 봄을 안고
돌아왔소

천일홍 진분홍빛
가을 영글어들 무렵
봄이 그립다
다시 피는 철쭉 찾아서

시월의 마지막 날
열창 속에
평화
꿈빛 노랫가락 놓친 채...

돌탑 쌓아
소망
길상사에 낙엽으로 잠재우고
두고 가야만 하는
기나긴 겨울

슬픔이여
혼백 놀내울까 두렵소

바위틈에 행운

꽃씨
한줌 뿌려나 주옵소서

생거진천 사후용인

고향 사투리
생선 구워 올리는 냄새
배고픈 저녁 불태워간다

승천하는 용의 꿈
초롱길 접어
초가집에 찾아 든다
어딘가에
숨어 있을 여의주(如意珠) 찾아
전망대에 올라선 예언은…

농선암 삼신의 바지가랭이
만화로 이야기 채운다

후덕 모은 인심
눈물 적신 판결문 하늘다리에
떠도는 낙엽
고기와 속삭임으로 폭포 되어 흐른다

보탑사의 통일대탑
신라장군 찾아가던
화랑, 그리고 허진의 그림자…
지친 주막집에 잠들어있다

망월정에 종소리,
송진향에 떠오르고 있다

서해바다에서

낯선 도시
골목길 궁금증은
해 저문 태안 바닷가
캠핑장의 밤은
수평선에 떠 있다

텐트의 조촐함
무차별인식은 구석기시대로
풍막은 인지한 듯
원시인 불편함을 펴준다

좁힐 수 있는 세대차이
모래공간에 등 맡긴들
한생 다한 후회는 영영 잠드리니

썰물에 밀려든 인파속
또 다른 살맛…
쫍쫄한 작은 구멍에
하나 둘
빛으로 스멀스멀 찾아든다

겨울·1

동지팥죽에 연륜 삼키고
달력 한 장
계절 속을 걸어 간다

두께 재는 젖은 손
매화향기 잡아주며
새벽 찬바람, 콧마루 잡아주네

잠속, 커 가는 보름달
미소에 고향생각 얹어 두며
일사천리, 몇 몇 해…

초하루 드레스가
님 따라 또 한 고개
하얗게 영 넘어 가네

겨울·2

개나리 학당
노란 꿈 싹 틔워 갈 때
기다림은 국화꽃 받쳐 올렸다지

해안선 저 멀리로
뱃고동소리…
침묵의 강 건널 준비는 되어 있는지

보릿고개 메시지가
느슨히 끈 풀어갔을 것이다

윙크하듯
뒤돌아보면 돌부처라 하여도
자비의 손바닥엔 기억의 이슬

아픔의 무게로 빚
삼키고 있었을 것이다

겨울·3

그것은
시고 단 나날로
기복 이루던 일상이었다
거인의 그림자는 평온 지켰다

곁눈 안 팔고
웃음 불어 넣으며
뒤끝 없는 마무리로 민심 다독이듯이

쉬지 않던
등잔불은 그 사랑으로 세월 밝혔다

파도의 믿음
천길 설렘으로 우뚝 솟아있을까
하얗게 미소 짓는
파도는 사나이의 호탕한 웃음소리다

선영 앞에

아픔이 피멍 만질 때
목 조르는 바람은 무릎 꿇는다

왼팔 잘린 선비가
정의 떠나보낸 공간에 서면
족속들이 한낮으로 꿈을 채운다

강산에 살아남은 외로움
맥 버린 연고리에
다시 이어갈 수 있을까...

천만번 찾아가는 울타리마다
손 자꾸 당겨오는 생각의 샘터

번마다, 반갑다고
강물은 얼굴 비빈다
청산마저 그립다고 가슴 엉키어있다

족보

막둥이
발가락 만지작
성깔 또한 닮았냐고
꽃며느리 밥풀꽃 한오백년 구절초…

막걸리 인생사
돈 냄새 떠올린 고추밭
처연함만 남기고 떠난 이곳
쑥부쟁이 애절가 허공 안고 떠 있다

반 쪼각
세상 등지고
집 나선 부끄러움
한 생명 아름답다 가슴 조이랴

그 가치 되살려
바늘구멍 뚫고 나온
여기까지…
알아 볼 거라고,
목소리 가듬어 곡조 한번 뽑을 거라고…

사금파리 깨물고
그림자마다
자칫, 제집 말뚝 찾아 멈춰서있다

오늘도

살아가는 이유마다
늦잠 깨우며
갈대밭…
바보온달 전설 속으로
휘청거린다

떠 흐르는 구름은
태초의 아름다움이었어라
개나리 입가에 홀씨 내려
혼 잃은 중천에
자식걱정,
먼지 한줌 떨어내고 떠나실 건가

환생은 명약…
웃음 찾아 들고
짚단 위에 보약 한마당
쌓아 올리며

그냥
보는 것만으로도
친정집 대들보는
그리움 걸어둔 새벽안개에 잠 못 이룬다

힘들 때면 생각나는
친정집 따슨 이야기…

몸살 앓는 계절

앞산 물들이는
문둥이
냄새의 콧등 잘리어나간다
하늘빛 개울에 아쉬움 토해내어도
갈라터진 바닥은 쑥부쟁이 속내

콩깍지 성화에
약 올리던 꼴값은
담장 밑 손님걱정으로 낮잠 달랜다

느티나무 발 저리도록
흐느끼던 고갯길,
잠자리 풍경마저 이슬에 젖어 있다

돼지 꿈 꾸던 날
웃음이 뒷덜미 덥썩 틀어잡고 있다

하루 또 하루

저만치서
달려오던 걱정이
자주빛 뙤창문에 손 내 민다
오뉴월 날숨
풀잎에 시들어버리면

지느러미 땡볕 쫓던 노래도
바닥 곱씹는 계단을
오르락내리락 한다는 것인가

어둠은 지는 둥
해는 뜨는 둥
앞만 보고 뛰어 가는 터널에

둥근 달 홀로이
땡전 한 푼 끼워 넣는다

구릿빛 얼굴
작은 세상 그려 넣으며
고향생각 무너질까 정신 다잡고 있다

삶의 고뇌

무시로 잘려나가는 걱정들
늘 보초서고 있다
가파른 현기증에 턱 고인 심호흡
손톱 살려 벼랑 끝 부여잡을 때

어, 다 왔다는 것인가…
시름이 그만 끈 놓아버린다

그러나 그래도 다시
떠나야 하는 숙명의 작간
그늘 속 시래기처럼
기다림은
메마른 세월을 슬퍼하고 있다

웃음 대기하는 잡념의 오두막
마른 땅위에 꿈틀대는
지렁이의 숙명으로, 자줏빛 황혼을 본다

발꿈치 들며 기다리던 소망 하나가
손가락 꼽아가며
마지막 그날까지의 거리를
주춤, 치맛자락에 펼쳐 보이고 있다

찐빵

헐벗은
속마음에
애간장 적셔
주머니 털어낸다
달력 뒤집는 막둥이
월말 따라 태어난 초하루라
생일상에 허기진 배 두드리겠지

걱정만
가득 불리우고
영혼은 먼먼 길에
입술 닦은 이슬 되어
사념의 저 언덕 반짝여주겠지
눈 꺼진 아픔 또한 술잔이 되었지

뚜껑 닫고
괴로움 삭혀내는
기다림은 인내의 합환주
약손 되어 앞날 진맥하는 가슴에
별은 깜박거린다
하늘엔 환하게 미소 짓는 달님이 있다

조사(弔詞)

꿈 깨는
울부짖음
잠시 되돌아가듯
다시 걸어서 온다

이른 봄
할미꽃 향기 날리며
인연 찾아 떠난다하네

고운 정
내려놓고
한만 떠이고

때 늦은
유감에 눈물…
하늘 겹쳐 담아둔다 하네

이 시각

사막의 밤하늘에
별들도 총총
축구이야기 쏟아낸다

멋진 플레어
전설 펴들고
공격수 연장선 그어간다

팬들의 열광
유니폼 불꽃 뒤집고
오아시스에 갈증 추긴다

선제 꼴 노리는 심리전
득점왕의 역습 희망 건져 낸다

공감대의 눈길 하나
오환으로 둥글어진
지구촌에서 밤잠 설친다

철벽수비 모래언덕
등땀 지고 떠나는 낙타의
아쉬움의 꼴 대문

조이는 이 순간만큼은
모두가 한숨 내려놓는다

낙엽 되어

계절 알리는
전단지, 안식처 부쳐내고
이끼와 돌 사이에
접어든 웃음자락, 바람 찢어 손 여민다

숙명 다한 무게
불상으로 잿빛하늘 드리우면
체념의 옷차림으로
제철 한 곡조 튕겨가며
아쉬움 털어버린다

겉절이 싱싱함
묵은지 전골탕에 쑥스러움 감추고
매운맛 덜어낸 풍경
첫눈 내리던 그날에 김장 하던 날…

빠져든 푸념, 탄식으로
쓸어버린다
추억의 모듬회에 가물거리는 촛불
겨우살이 음식상이 진액 삼키고 있다

계절의 깨달음

외기러기 길 잃고
어둠 가르는 소리…
꿈속 좀나비가 홀씨 깨운다

개나리 놀이터에
먼지 털고 간 바람
공 하나 감아 안고
애솔나무 그늘에 울먹거린다

바닥 닦아낸 냇가에
조약돌 깔리어있고

물방아 돌아가는 천지에
눈귀 익어갈 때
유진상행(柔進而上行)만이
살길 이어간다 하여라

죽 뒤집어 쓴 체험
큰솥에서 진맛 한술 맛 지어있다

소설(小雪)

절기소식이
북녘하늘 덮는다
가을 연장선
설송 세계는 의젓하여라

철 절이는 구수함에
새끼 줄 탈아
양기를 끌어 올리고

새들은 멜로디 찾아
젓가락 옮아가며
옛 생각 펼치어보네
천지간에 사랑 넘치어나네

아침인사

율동의 하루가
미소 들고 다가선다
고마움이 산수에 낙 부쳐
오색행복 정기로 채워간다

깃 뜨는 새 삶은
폐부 씻어내는 안부의 인내인가
기다림 멈춰 세운 창가엔
메시지마다 가슴 보듬어본다

영글어가는 깨달음
인연은 깊이를 재고
시간은 기억 겹쳐 추억 엮는다

아지랑이…
뜻 맞추는 숨소리에
자잘하니, 꽃들은 기쁨 나눈다

국화꽃 피는 날

햇살도 짜릿
개나리마다 이른 봄 품었다
젖 먹던 힘
바닥에 땀구멍 내돋힐 때
숨 굴려 싸락눈 일으키는
한여름 향기
눈물 키우는 계시록으로
울바자에 우주의 자화상 그려간다
안개의 확신…
그림 속 거닐어보면
생각 쫓는 길잡이도
빛의 굴절로 이슬의 조바심
틀어 올린다

풀잎의 고백에
화전놀이…
계단 딛는 이별에 응고되어있다

말짱 도루묵

계절의 엇박자
무늬 감춘 대진항…
밤바다는 통발에 묶이어
심상찮음, 매서워 하네

터널 스치는 암행단속…
그 언제면
비상 걸렸다 할소냐
목 빼든 기린마저
등대불과 맞잔 나누고 싶은데

비린내 말아 쥐고
바위만 깨우는 달무리의 반쪽
시름은 바람에 수놓았다는 것인가

하늘과 바다 그 사이에
파도의 메아리,
낙산대 별빛에 머물면서
깜박이는 대화도 주고받겠지

도루묵 제단에 놀빛 부끄럼
저 혼자 향기 익혀 볼 붉히어가네

소야곡(小夜曲)

노심초사,
빗나간 자식 걱정…
멍에 지고 버팀목에 나타나는가

꽈배기인생
무게 등진 황국밭에
여생 보내는 방법 모색하는데

여행길은
미숙함 멈춰버리고
마파람에 게 눈 감추듯
구름 한 쪼각, 시간의 엇박자로
후회 남기고 떠난다 하네

감나무집 등잔불빛
그리움에 노을 안고 자맥하는데…

바람 자는 날

먼 기억, 썰물에 밀어가고
추억은 밀물 타고 가까이 다가오네
정열 멈춘 부둣가에 갈무리
막을 내리고
행복만이 모래톱에 명작 남긴다

별빛 꽂힌 자리마다
구름 머물다 가고
밤 깊은 쪽잠 향기 키운다
그려, 그려, 그저 그려…
달콤함 움켜쥔 모퉁이에서
구겨진 마음 다시 자락 펼치어든다

둥지 떠난 새끼
입술 빠는 춤사위
상고대의 아침이 하얗게 잠을 깨우네

엇박자

민들레 홀씨
바다에, 하늘에 떠가네
시간은 공(空) 앞에 두손 내리고
새벽은 안개 당겨
상고대로 아침 땜질 해가네

대관령터널엔
가물치 사랑 겨울 익히고
백두대간 소뿔 당겨 저녁달 싣고 오네

성벽 아래
따오기 외로움 감추고
희나리 가사 속에서
슬픔이 쪽빛 빚어 속마음 전하네

밤행열차

졸음이 차창 스친다
술병 안고 빠져 나온 역
레일은
방향 비튼 화살표인가

벙어리 시늉에 도우미 청 들며
카드는 댔다 뗐다
유플러스 평행선에 줄그어간다

풍진세월,
기침소리 꺼내들고
발목 잡는 유혹의 시대,

자판기는
수판알 튕기는 묵객의 목소리로
알람 길게 뽑아갈 뿐이다

글씨 쪼아 먹으며
기적소리가 고요를 쥐고 흔든다

공존의 시대

착한 아침,
천사는 햇살 안고 다가선다
시냇물 띠 풀어
우산 하나 펴들고
집착은 시린 틈새에 꿈 하나 꽂아둔다

파돗소리가 고깃배 밀고 오는
순수의 시작,
마법의 쪼각들이
등 따신 힘으로 겨울 불태우고 있다

무의식 적신호가
저울대의 눈금에
씨앗의 무게를 잰다, 봄이도다…

요지경

인성 풀린 나목은
산자락 굽어보며 베틀 잡는다
이슬에 표적 찾아
암벽이 한숨 한 올 동여맬 때

잡아볼까, 덕담 쌓아 올리면
연인, 비로소 피어오르는 듯

가야 할 곳 날아야 할 곳
찾지 못한 채...
백발의 거리 쓸어버린다

찌든 하루의 저 먼 반딧불에
신호등만 껌뻑껌뻑 잘려나간다

등나무

보랏빛
영혼에 가시 돋혔다
꼬투리마다
들어앉은 한숨들
초목의 유연함에 생명을 부여한다

감아올린 고집
칡냉면 그릇에 갈등 잘라낼 때
균형 잃은 고질병, 진액 받아내는가

생각의 연장선…
줄 타고 오른 바깥 세상에
우측통행 관례로 지구를 공전시키는데

짓궂은 근심에
표적…
아집의 잎새로 순록의 계절 펼치어본다

빈집

석양 들러 간 공간엔
찬바람 재우는 해오라기
울음이
보초선다고 하네

옛 생각 몰아가는
휘파람소리
항아리에 내려앉는 세상으로
아지랑이에 자취 감추네

나무꾼 이야기가
오솔길에
지팡이로 버티고 설 때

밥 짓는 저녁연기
그 언덕에 머물러 있네

소록소록…
선녀들 옷 벗는 소리도
귓가에 들리어오네

여자는 인생길

운명의 교향곡…
항구의 꿈이 눈초리에 매달려있다
티 없는 하늘은 존엄 푸르고
그 기슭에
희망은 아침햇살 펴 바르고 있다

고개 너머 꽃바람 불어와도
마른 잎에 향기만은 감싸 쥐고 있으라

봄 앓는 콧수염에
잠꼬대 달고 떠나도
구름은 번지 찾아 발길 돌린다

안개 속에 키워온 인내
달빛에 사랑 묻고 살아다 할 손가
먹물 듬뿍 찍고서
섬섬옥수, 책장 넘겨 동년을 부른다

함박눈이 내린다

비밀 찾아가는 구름은
눈보라 세기를 예언하는 듯
눈안개 감돌 때마다
선경은 자부심 쌓아 올린다

헛된 일에 웃음 삼키며
토지신 찾아오려는 것인가
산 정상에 승자의 깃발 나붓거리는데

상서로움,
부러움에 깃들어있나
꼭 같은 세상이건만
나뭇가지에 사념, 저 혼자 그네를 타네

집념 두 글자 두려워하며
포근한 세상, 숨 쉬고 있을까
움츠림도 약이 되는 양떼의 자맥질엔
눈사람도 풍경으로 눈감고 있네

피곤한 본성의 둔덕 위에서
기다림은 언제나
바래진 꽃잎 하얗게 날려 보내네

눈보라

저승사자 위무하듯
부딪치는 바람소리
궁금증 해소 될까
오솔길에 작은 두발 들여 놓았네

무심히
날아 온 돌멩이에
우물 안 개구리 치명타 입었다는
씨나락 까는 이야기도
강아지풀 끌고 함께 달리네

양떼 떠가는 자유,
소 잃고 외양간 고치는 이유가
스님 찾아 묻노니

서왕모 노래 곡조마다
시골의 고요를 밤하늘에 깨뜨려
별꽃 소리 없이
구름너머 아픔으로 저 혼자 피어있네

대진항 밤바다에서

해녀의 꿈속에
갈매기 잠드네
고깃배 떠나보내고
바위, 운명 위해 잔을 들었네

북두칠성은
그리움에 어깨 겯고
밤새도록 어둠 취해 짝을 찾네

머리 풀어 헤친
달무리, 정체의 궁금증…
잉어도 용이 되는 날 있을까

은하의 세계에
별들은 궤도 따라 흐르고
배신의 계절, 백로는
작살 피해 살아져버렸나

속 아린 옛 모습
약초밭에 잠을 청하고
여울소리 후미지게 들리어오네

눈 내린 뒤

화려한 명상들
세월에 자취 감추고
잡초로 우거진 흔적들

물고기 눈 뜬 밤마다
꽃잎은 깃 펴고
책자 속 발상 싹틔워가네

다독이는 마음에 잔 들어
바다에 한 곡조
바람에 두 곡조
산속 걸어가는 애원의 반딧불에

머리 헤쳐 바라보니
어즈버, 저 달 역시
석양의 강물에
그림자 던진 지 오래다 하네

제4부

착각의 방어선

이해한다는 것은

소나무
움직이지 않는
특성이 바람을 불러 세운다
생각의 차이에 불신으로
냉대 키워 갈 때
혐오는 멸시감에 날을 세운다

그래도
후예는 글발 빌어
정서와 기예 살려 냈던가
세기 넘어서는 냄새는
된장국 천리 길에 두발 구르고
목메면 다시
김치국 찾아 나서는 살이들

한과 얼 얽히고설키어
영역 떠난 역사유
기록의 실천으로 역사를 고증해 간다

운명에 혼자 웃고
욕망은 현실에 고개 끄덕일 것이다

벽을 넘어서서
-대림동에서

착각의 거리
풍문으로 대박 났다

구름다리 꼬여 맨
꿈 아닌 꿈속에서
언어의 뉘앙스 귀 간질이고 있다

냉면 그릇에 고향생각
양꼬치 꽂아 든
마라탕 체면에 빠져버린다

막상 배 불린 눈호강
죽은 오리 목 기웃거린다

닭이냐 봉황이냐
알고나 가자
닮았지만 다른 세상

입구에서 시조새
기억 읊조리고 있다

생각이 바뀔 때

너울 쓰고 내려 앉아
고민은 속살 드러낸다

남도에 적 옮기고
고향 떠난 여자의 삶
유리 속 걸어가는 시심이다

어디까지 가려나
귀거래사 갈대밭
석양길 재촉하고.

이별이 아쉬워 버들잎 물었나
밤새도 구슬피 울어예는 밤
창문에 서릿발 흐트러져 내린다

먼 산은
안개 속에 바장이는데
하현달 눈초리가
저 하늘에 떠 있다

각질이 자투리에 잘라낸다

다리 위에 서서

고래등 타고
새우들, 여울목 스치나
가랑비 적막에 잠들어있네

구름 따라 시냇물소리
낙선의 갈림길에
맷돌 돌려 당돌함 굳혀가네

휘파람 날려라
어둠 가르는 철새야
천상에는 기운이 감돌고
사랑은 순정 이끌어 가네

생각의 조약돌
아픔 감춘 미소에
위로의 고밀도 떠밀고 가네

세월 낚던 강태공
떠나간 자리에
달빛만 쏟아져 내리네

애교 떠는 고양이

아첨쟁이 거동은
주인 섬기는 겉 치례 아니라고...
입 닦고 떠난 자리에
의관 떨쳐 입는다

쭉정이 한 알 모닥불에
튕겨 나올 때
별바다는 숙연함으로 다가와
옷깃 당긴다

날파람 그리워지는 봄날
영상 속 리듬 찾는 애동지 섣달 밤,
고집만이 무상으로
무기력하게 내려 앉는다

장막 두른 지붕이
시간에 나뭇가지 흔든다
벙어리 냉가슴 부풀어 오름은
냉가슴 때문일 거다

인기 여행

엠지세대 궁나들이다
자물쇠야, 사랑에 대문 열어봐
행리단 길에 꽃씨 뿌려 놓고
남아선 모래섬 문패 들고 기다리네

해당화 지천에 피어날 때까지
안면도 백사장에 하루해 기다려진다
할배바위 갯바람, 아침해 실어 나르는데

순천만 월동지에 흙두루미
새봄 맞아 나서려는가
부산 태동대에 꿈 실린 메아리…
대파동 수국밭, 향기 꺾어 들었네

불국사 단풍잎 꽃편지 뽑아들 때
제주 사투리 점과 선 그어
올레길 굽이굽이 운판 돌리며 가네

등산길에

성 쌓고 남은 돌이
하루볕 쫓아 가다가
외나무다리 잡고 앉은 공허에
강 건너 치렁바위 지키어 본다

떠나려거든
눈썹도 뽑아놓고 떠나야지
거미들 신세타령, 기억에 사념 늘인다

소경의 잠꼬대
버선발 벗어놓고 님은 언제 오시려나
오뉴월 저주에 북어 두드리는
벙어리 냉가슴

나라걱정 뜻 내려놓을 수 없듯이
강산에 베개 베고
범의 그림 다시 그리어본다

욕망의 저 하늘에 수리개도 날아옌다

착각의 방어선

소설 속 주인공
흠뻑 젖은 일희일비
현실의 공간에 부조리만 들어찼다

가랑이에 불 일어
달고 왔던 밥그릇
대파 뿌리 내렸다 소리 한번 질러라

음아 날 살려…
논두렁 넘어서며
이름도 몰라, 성도 몰라
그믐날 찾아 왔던 그 손님

성가심 떼내는 하루하루에
검지도 붉지도 않게
숙명의 기다림 일으켜 세운다

거북스러움에 냉수 토해보아라
등치기 좋은 시골뜨기
날치 삼킨 체험이
칼잡이 기침소리 끌고 다닌다

사나이의 꿈자리

태풍 맞고 자란 대파
임자도에 전성바위 부풀린다

철없는 자식
추위 물고 잠들 때
속세의 거미줄 돈나무 감아두고
집착은 눈 속에 손 넣어둔다

다리 꼬는 핏파
성급함이 웃음에 말 깃을 단다
눈물 돋아나는 농담 반 잡담 반으로
이영새 밑 고드름 눈물 흘린다

별들의 전쟁 마당은
차돌멩이 완강체의 집합이던가

인연 때문에
함께 하는 즐거움…
생명체들이 달빛 찾아 눕는다

말씨의 꽃

한해의 막바지에서
후회가 가랑이 당길 때
반성은 농담 속에 진정 쏟아 붓는다

번거로움이
가셔지는 가벼움
침묵은 반주의 눈물 머금고 있다

글발의 예리함
능선 따라 화근 몰아내면
얼어붙은 청각은
에베레스트 산정으로 녹아내릴 것이다

철학적 원리로 간추린 의구심에
소름 돋는 신빙성,
보고서 받아 쥔 손바닥에 무릎 꿇는다

웃어도 소리 없는 아름다움은
빛살의 넋두리에도 피어나있다

인생길

운명의 교향곡…
항구의 꿈이 눈초리에 매달려있다
티 없는 하늘은 존엄 푸르고
그 기슭에
희망은 아침햇살 펴 바르고 있다

고개 너머 꽃바람 불어와도
마른 잎에 향기만은 감싸 쥐고 있으라

봄 앓는 콧수염에
잠꼬대 달고 떠나도
구름은 번지 찾아 발길 돌린다

안개 속에 키워온 인내
달빛에 사랑 묻고 살아다 할 손가
먹물 듬뿍 찍고서
섬섬옥수, 책장 넘겨 동년을 부른다

두려움

동해의 물결
처마 밑에 세월 다독여준다

소리 읽는 바람
풀벌레 풋잠 설친 미간에 봇물 부어도

햇살은 세상 쪼개는
어둠...
밤이슬 등에 지고 먼 길 떠난다

마른나무 마디마디
저승꽃 지키어볼 때
벌레의 고통
아픔과 쓴 약 알알이 토막내버린다

비탈길 기어오르는
찻잔, 연기(緣起)는
한밤에도 도루묵 사로잡는데

고독에 묶인 옛 이야기만이
검버섯 흔적으로 속곳의 떨림 수놓아간다

기러기

또 다른
생명체들의 집합체
초인간의 지혜는 남과 북을 오간다

하늘 떠내는 협동심
순리 따라 세상풍파 이겨 낸다

법치 없는 세계에서
본능으로 부각된 상징의 음반(音盤)
반사적 선택으로 죽음을 압도해나간다

윤리도덕이란
불변의 철학에 관통된
정조와 절개, 그 뜻 합친
그림자로만 영생을 투영시킨다

한겨울 짝 잃은 슬픔,
날개 꺾인…
지구에서 땅의 맹세가 약속으로 슴새 나온다

사랑의 불시착

애환의 여정
부들초의 부드러움에
밤하늘 쓸려 나간다

동지팥죽 그리워서인가
한여름 여울목에 뛰어 내리는
불안감의 압류...

돌부처 자박눈 밟으며 갈 때
아닌 핑계의 이유가
문 꼭 닫아걸고 있다

눈뜬 소경,
사주팔자 맞춰 들며
깨진 그릇에 아쉬움 뒤집어쓰듯이

꼴두기 생선 망신은
귀신들 청첩에 적어야 하겠지

입맛 다시는
잉어의 허공,
새떼가 스쳐가고 있다

또 한해를 보내며

떠나간 종착역에
미움의 불씨, 발길 돌린다

강가에 머물러
또다시 추억 밀어 내며
존재는 이유에 출항 알린다

귓구멍 뚫린 자아의 언덕에서
새벽 종소리가
놀빛 저녁 이끌어낸다

귀신 밀어낸 물소리…
육체와 영혼의 바닥 적시며
낯선 바람, 소리 없이 흐른다

예지몽

누각에
저녁달
기어오르면, 취기 어린 바람
피리소리 실어낸다

사랑에 **빠**져든 영혼
세상은 아름답기만 하다
순진한 하늘이 철들어간다

꽃 다진다, 기러기…
찬바람이 서러움 실어 나른다

치매의 절기는
일출도 절망의 외침

원시인 정체가
밤하늘에 해 되어 떠 있다

삶의 터전에

한겨울에 고사리 꺾어 들고
비바람에 계절 타서 마시는
꿀벌 같은 고행의 연가(戀歌)

한 치 땅에 발빠진
하룻밤 사랑마저
깨알 밭에 호미자루 삭히어둔다

머리카락 파헤치면
쉰 가라지 눈초리 잡고서
산허리 휘어잡는 신세타령

담쟁이 벽 넘어서면
그리움도 고드름에 매달려
마을 한 바퀴 휘 돌아보고 있다

타버린 밤하늘 추녀 끝자락
제비들 지저귐도
시간의 은밀하게 드리워
어둔 고요, 겨냥하고 있다

살아가는 재미

해 뜨는 아침
자화상 그려 본다

일상의 여유, 속살 드러낸
자유에
낙서의 미소 짓는다

놓쳐버린 대가(代價)는
적막 뽑아 버리고

꽃밭에 소망 하나 매달아
경각 다투고 있지

환상은 하늘의 별빛
밤마다 베개머리에 내려 앉아

표주박,
돌려놓은 자리에 여행 떠난다

아빠의 봄날은

살구나무 꽃 필 때
기억은 죽순이 되고 팠을까

사람 냄새에
널뛰기 하며
무게, 덜어준다고 하네

그림에도
이야기가 숨어 있었지
새벽, 내려앉는 동안만은 말이지.

운명의 그늘엔
비운만 가득,

겨울 앓던 고민이
징검다리 건너
춘삼월 홀 적삼을 흐느껴 운다고 하네

소한의 비밀

아침은
늦잠에 빠져든 채
피나게 울다 간 달님의 흔적
가장자리에 비밀, 심어두고 있다
바이칼호수에 마법의 바람
돌버섯 깎아 내는
상고대의 연민,
청옥빛
보물섬에
깔대기 갖다 들면
이고지고 떠나는 산행 따라
대한도 소리 없이 강행군에 나선다
이월의 매화 향,
보리이불 당기면 겨울은 그 속에서
어린 싹, 다독이고 있다

용서

호박밭에
속 파먹던 애숭이
힘든 날에도 노란웃음 꺼내어
깃발처럼
나부끼는 날이었을 꺼다

담벼락 무너뜨린 봄볕은
한여름 소낙비에도
욕심 띄워 보냈을 것이며

체면 깎인 가을 하늘에
티끌 몇 점 날렸을 것이다

꽃들도
씨실 사이로 탈(脫) 벗겨두고
땅 꺼진 사랑이
각서에 눈감아 두었을 것이다

그리니치 천문대에
영시의 신기루, 앉아있을 것이다

계묘년 단상

포식자의 잠언
옛터에 보습날 갈고
소 잃은 외양간에
망각 흔들어 본다

거북이 등에 털 났다는
커피공방 광고,
발상의 땜 위에 채색깃발 꽂아둘 일이다

서러움 짊어지고
집나간 토끼
지금쯤 달나라에 들려
장생불로 약 달여 마신다 해도

우주의 영탄곡
십자수 빠져 나올 것이다
가상의 잔속에 현실이 은폐될 일이다

약자의 천성
굴착기에도 핏발은 선다

사후생(死后生)

궁금증과 호기심
다락방에 누워
칵테일 빚어 꿈탑 쌓는다

해묵은 사고방식
졸음 안고 비틀 거린다

숙명은
물위에 파닥거리고
희미한 기억, 어깨 짚고 일어선다

산 귀신
궤적 밟는 숨소리

묻어버린 비밀의 통로에
꼭지의 인생 시작을 연다

색 날은
시간이 꼬리에 매달려있다

불가사리

신문 말아들고
씨알에 단어 골라 잡는다
인생 돋보기…

자존심은 어민의 욕망으로
밀어붙인 질문에
다시 일기장 펼치어든다

모래톱에 고장 난 벽시계
메모지 이마 훔치며
그물에 각본 뜨는 시간이다

바다의 천적 앞에
키 잡고 출항 앞세우는
놓쳐 버린 흔적의 기회

다랑이 텃밭에서
금 간 기억 마주하고
옛 꿈 하나 구워 올린다

설은 다가서는데

비행기 소음이 시간 어지럽히고
압정사 목탁소리 밤 다독여주네

북상하는 기러기떼 이마엔
갈길 멀다 꼬집는 법석의 여유

소한 앞선 대한의 삿대위에
바람의 향기 뜸들이고 있다

기억 찾는 광야의 울부짖음
세월의 한허리에 눈꽃의 언어 꽃피우고 있다

국물도 없는 여자는

밤 깊은 거리에
상식은 어깨 너머로
폭탄주의 세례 받는다

약 먹은 다람쥐
이상한 소리
숲속에 비칠거리듯

담뱃재 끌어 모으는
기침소리가
눈귀 가리고 콧등 긁어 내린다

비몽사몽,
거리감이 보릿자루 옮긴다
불빛은 핑계로 꺼졌다 켜지고

바이올린에 가야금,
드럼 밟으며 층계 오른다

마지막 편지

밭머리에 날개의 유언
지옥 녹는 소리가
사념의 무게로 주춧돌 물앉게 한다

운명의 끈 돌려
밥 짓는 소망 이끌며
극락세계 감도는 깨알 같은 웃음

생태탕 얼큰함으로
책자 위에 혼선 긋고 가는 쑥국
의문 맺힌 표정은 아미에 숨어 지낸다

겨울은 답 없는 법
용서의 살점 꼬집어 미소 지으며
아픔의 값어치에 후회, 되새겨 넣는다

사투리

까치밥 먹다 말고
강물 한 바가지 떠 주고
덕담 쌓아 올리네

풍경은 떠나버린 춤사위
말뚝에 절 올리는 시련의 아픔…

찌르레기 막걸리에 뛰어들면
농담의 가마목에

고양이도
콧수염 잡고 숲길을 간다

큰 코 다친 호랑이
소리가 비탈길에, 방점으로 드러눕는다

부자의 양심

정 두고 떠나는 나루터에
슬픔의 회환마다 덧돌 쌓는다

편지 속에 평화 그려 넣으며
굶주린 숨소리 엿듣는
백리길 땅문서가
몸 둘 곳 찾아 키 낮추는 소리

신분 무너진 담벼락에
흔적은 바람 거머잡아도
예언의 한복판에
신화는 주름진 세월 길들여간다

난세의 영웅 찾아
여인의 그림자,
해맞이에 속곳 건조시키고 있다

도봉산 상고대

수묵화 피어난 왕국에서
한양 떠난 탐욕, 눈물 녹아 흐르네

시루에 막 내린 풍경은
찬바람의 예술인가
잠깐 푸근했던 밤은
새벽잠에 지느러미 껴안고 있네

우뚝 선 그 위세
명산 아니라 할까 봐
노송은 능선 지켜 서있고
선원은 유서 깊은 산자락에 걸음 멈추네

제국의 꿈자리
중추지월(中秋之月) 지켜내지 못함이런가

반듯한 글씨 속에 얌전과
교만이 바닥에 깔리어있네

절경 취한 그 모습이
달님이나 고금의 역사 기억하고 있듯이…

겨울비

느닷없이 들려오는 울음소리
철부지 무게를 덧단
자국마다 한숨만 꺼져버리듯

안개 낀 산장에
기억 적셔 드리우고 있다
굴뚝마저 숨죽인
욕심의 갈래,
눈안개 머뭇거림에도 눈물은 아롱져있네

아픔이
끝자락 밟고 서 있는 것일까
울바자 기어오르다 말고
향기는 양초 부쳐 방안을 비추어주는데

고독의 긴 흐름선
냇가를 감도는 동안
금붕어 한 쌍이 늪 속에 노닐고 있네

묻노니

몇 천 번 속죄하면 될까요
대책 없는 공습에
분계선 물러서고 있어요
떳떳한 척 고집 세우는 이유의 날개가
반기 내린 부추처럼 잘려나가는 아픔입니다

돌아눕던 지구의 숨소리도
연민의 선율 되어 꽃이 핍니다
멀어진 듯 가까운 듯
끈끈함만은 소외의 공간 골라잡고 슬픔이 됩니다

밑도 없는 시발점에
이제는 위기 짙은 잠자리이건만
세월 겹친 사명 앞에
두려움은 숙명 따라 빛 따라 걸어 갑니다

저주 받은 전생,
모대김은 향기 잃은 꽃이었나요
요상한 세월도 한시름 끝간 곳에 짐 부리워놓고
갈림길 이정표에 소망 덧칠해 갑니다

이제 그대는 어디에 계시는 건가요
으깨진 항아리에도 하늘은 높아갑니다
내 이름은 기다림, 슬픔 빚는 이슬의 승천입니다

삶의 지혜
—이념의 이방역에서 밤을 뜯다

그때 생각의 날개 밑에서 부서져 내리는 언어의 분말이 있었다. 나는 얼른 노트에 그것을 받아보았다. 싸락싸락 글씨들이 별이 되어 빛나고 있었다. 소리의 이미지들이 반딧불 사랑으로 빈 공간을 날아다니고 있었다.

금전 앞에 굴복되지 말고
대세 앞에 흔들리지 말고
주색 앞에 유혹되지 말고
원칙 앞에 나약하지 말라
권세 앞에 아부하지 말고
좌절 앞에 굴하지는 말되
가난 앞에 기죽지는 말라

나는 용기 내어 영혼의 가르침 손바닥에 놓고 움켜쥐어보았다. 문득 피가 되어 흘러나오는 말씀에 무지개가 비껴있었다.

자신감은 가지는데
자만만은 삼가하고
교훈만은 **뼈**저리게 새겨라
급할수록 서두르지 말고
잘살 때에 과거를 잊지 말라
공포는 무지에서 온다
명석한 판단과 결단을 내리라
적은 대응하지 말고 피해서 가라
사람 간에 화목이 으뜸이니라

어즈버~ 감은 눈 와짝 뜨는 감각이 나비 되어 순간을 파닥거린다. 사랑은 아픔인가. 이별은 만남의 전주곡인가. 솔로몬의 마술단지에 흘러간 옛날이 다가오는 내일에 팔 내밀고 있다.

빈집

초판인쇄   2023년 3월 1일
초판발행   2023년 3월 1일

지은 이   (河東) 정하나
펴낸 이   채종준
펴낸 곳   한국학술정보사
주   소   경기도 파주시 회동길 230(문발동)
전   화   031) 908 3181(대표)
팩   스   031) 908-3189
홈페이지   http://ebook.kstudy.com
전자우편   출판사업부 publish@kstudy.com
등록   제일산－115호(2000. 6. 19)

ISBN   979-11-6983-114-7 03810